○ 모든 사람이 적어도 두 권씩은 가져야 한다. 한 권은 욕조 옆에, 다른 한 권은 누구든 도움이 필요한 사람에게 줄 선물용으로!

—〈더 풀 매거진〉The Pool Magazine

○ 올해 모든 여성이 반드시 읽어야 할 보석 같은 책! 지금 무엇을 하고 있든 멈추고 당장 이 책을 읽어야 한다. 문장 하나하나가 몸에 새기고 싶을 만큼 강렬하고, 그 안에 담긴 지혜들이 너무 좋아서 혼자만 간직하고 싶을 정도다. 형광펜의 잉크를 바닥내고 포스트잇의 접착력이 닳아 없어질 때까지 밑줄을 긋게 만든다.

스트레이드가 고른 100개가 넘는 문장과 생각, 통찰의 파편들 속에서 우리는 가장 좋은 모습부터 가장 부족한 모습 그리고 가장 본질적인 모습에 이르기까지 수없이 많은 '나 자신'을 마주하게 된다. 이 책은 숨을 고르듯, 밀린 공과금을 하나씩 해결하듯, 버킷리스트 항목을 차근차근 지워가듯 우리가 되고 싶은 바로 그 '나'에 닿을 때까지 조용하지만 끈질기게 우리를 응원한다.

그녀의 문장은 언제나 현실적이고, 단 한 마디도 낭비되지 않으며, 꼭 필요한 말만 건넨다. 마치 책 속 문장들이 페이지를 박차고 튀어나와 내 거실 한가운데 작은 긍정의 소용돌이를 만들어낸 것만 같다. 영리하고 완벽한 걸작이다.

—E. 씨 밀러E. CE Miller, **작가**

○ 매혹적이다. 개인적 진정성과 여성으로 살아가는 삶에 대한 통찰 그리고 빛을 향해 몸을 기울이는 태도까지. 책을 쓰든 누군가와 마주 앉아 이야기를 나누든 스트레이드는 자기 자신이기를 멈추지 않는 사람이다. 그녀의 말이 지닌 힘은 손에 잡힐 듯 선명하고 그 여운은 멀리까지 번져간다.

—〈더 데일리 비스트〉The Daily Beast

○ 짧은 문장부터 한 단락에 이르기까지 셰릴 스트레이드의 말들을 우아하게 엮어낸 문장집이다. 그녀는 익명 상담 칼럼 '디어 슈거'Dear Sugar

로 많은 이들에게 열렬한 지지를 받았고, 스스로도 전혀 예상하지 못했던 자리에서 독보적인 존재가 되었다. 결코 단순하거나 가볍지 않은 메시지를 전하는 '구루'로서 말이다. 스트레이드는 우리가 얼마나 불완전한 존재인지를 직시하게 하면서도, 삶이 어떤 시련과 슬픔을 던져오더라도 더 나은 사람이 되기 위해 끝까지 노력해야 한다고 말한다.

— 〈플레이버와이어〉Flavorwire

ㅇ 이 책은 무엇이 나에게 정말 중요한지에 집중하며 주변의 부정적인 소음과 내면의 잡음에도 흔들리지 않고 나다운 삶을 살아가도록 계속 상기시킨다.

— 아마존 독자 서평

나는 주저앉고 싶을 때마다 문장을 따라 걸었다

나는 주저앉고 싶을 때마다 문장을 따라 걸었다

Brave Enough
by Cheryl Strayed
Originally published in 2015 by Alfred A. Knopf,
a division of Penguin Random House LLC, New York.

매일 한 걸음 더 나아가기 위해 되새긴 용기의 말들

나는 주저앉고 싶을 때마다 문장을 따라 걸었다

김지연 옮김

셰릴 스트레이드 지음

북라이프

일러두기

- 본문의 각주는 모두 옮긴이 주다.

나는 주저앉고 싶을 때마다 문장을 따라 걸었다

1판 1쇄 인쇄 2026년 3월 6일
1판 1쇄 발행 2026년 3월 16일

지은이 | 셰릴 스트레이드
옮긴이 | 김지연
발행인 | 홍영태
발행처 | 북라이프
등 록 | 제2011-000096호(2011년 3월 24일)
주 소 | 03991 서울시 마포구 월드컵북로6길 3 이노베이스빌딩 7층
전 화 | (02)338-9449
팩 스 | (02)338-6543
대표메일 | bb@businessbooks.co.kr
홈페이지 | http://www.businessbooks.co.kr
블로그 | http://blog.naver.com/booklife1
페이스북 | thebooklife
인스타그램 | booklife_kr
ISBN 979-11-24002-09-4   03840

* 잘못된 책은 구입하신 서점에서 바꾸어 드립니다.
* 책값은 뒤표지에 있습니다.
* 북라이프는 (주)비즈니스북스의 임프린트입니다.
* 비즈니스북스에 대한 더 많은 정보가 필요하신 분은 홈페이지를 방문해 주시기 바랍니다.

비즈니스북스는 독자 여러분의 소중한 아이디어와 원고 투고를 기다리고 있습니다.
원고가 있으신 분은 ms2@businessbooks.co.kr로 간단한 개요와 취지, 연락처 등을 보내 주세요.

언제나 가장 멋진 말을 건네는
카버와 보비에게

많은 사람을 사랑하되 사람을 쉽게 믿진 말며
인생의 노는 항상 스스로 저어라.

Love many, trust few,
and always paddle your own canoe.

내가 처음으로 좋아했던 문장이자 지금도 여전히 가장 아끼는
문장 중 하나다. 여덟 살 때 외할머니가 알려주신 출처를 알 수
없는 미국 속담인데, 오랜 세월이 지난 지금까지도 이 문장은 내
게 깊은 울림을 준다.

어린 시절 이 속담을 좋아했던 이유는 단순히 무얼 해야 하는지
를 알려주었기 때문만은 아니다. 내가 그렇게 할 수 있는 사람이
라고 믿게 해주었기 때문이다.

열두 살 때는 매들렌 렝글Madeleione L'Engle의 소설《끝없는 빛의 고

리》A Ring of Endless Light를 읽다가 200쪽 즈음에서 마주친 한 문장 때문에 더 이상 책을 넘기지 못한 적도 있었다.

빛을 온전히 이해하기 위해서는
먼저 어둠에 대해 알아야 하는지도 모른다.

Maybe you have to know the darkness
before you can appreciate the light.

나는 이 문장을 잘 지워지지 않는 펜으로 팔 안쪽에 적었고 거의 일주일 동안 지워지지 않았다(내 마음속에는 지금도 선명하게 남아 있다).

그때부터 나는 줄곧 '문장 수집가'로 살아왔다.

위로가 필요하거나 용기가 필요할 때, 세상을 또렷하게 바라볼

눈이나 정신을 번쩍 들게 하는 한 방이 필요할 때마다(그런 순간은 생각보다 자주 찾아온다) 나는 문장으로 향했다. 가벼운 문장부터 깊이를 알 수 없는 심오한 문장, 단순한 문구부터 복잡한 문구, 슬픔에 찬 글귀부터 환희에 찬 글귀, 희망과 용기를 전하는 말부터 따끔하게 일깨우는 말에 이르기까지 내가 살아온 모든 집의 벽마다 문장들을 붙여 놓았다. 때로는 일기장에 적기도 하고 컴퓨터 파일로도 보관해왔다. 찢어진 봉투 뒷면에 휘갈겨 쓰기도 했고 바닷가 모래사장 위에 그려 넣은 적도 있다.

이렇게 수집한 문장들은 내가 지금까지 쓴 책 곳곳에 스며 있다. 내 결혼식과 출산 축하 의식(히피·페미니스트 버전의 베이비 샤워)에서도 빠지지 않았다. 돌아가신 엄마를 기리는 추도식에서도 어김없이 등장했다. 엄마의 묘비에는 엄마가 살아생전 남긴 말을 새겨 넣었다.

I'm always with you.

내게 문장은 사랑과 우정을 표현하는 방식이다. 소중한 사람들에게 좋았던 시간이나 힘들었던 시간에도 문장으로 내 마음을 전했다. 스물여섯 살에 퍼시픽 크레스트 트레일Pacific Crest Trail, PCT°을 따라 온갖 지형을 걷는 동안 끝까지 버티게 해준 것도 내가 만든 '나는 두렵지 않아'라는 한 문장이었다. 사실 애초에 이 험난한 여정에 뛰어들기로 결심한 계기 또한 "마음만 먹으면 아름다움 속으로 언제든 들어갈 수 있어."라는 엄마가 했던 말이었다. 여행을 마치고 몇 년이 지나 본격적으로 책을 쓰기 시작했을 때

○　미국 서부를 종단하는 약 4,265킬로미터에 달하는 극한의 하이킹 코스.

도 책상 옆 칠판에 플래너리 오코너Flannery O'Connor와 유도라 웰티Eudora Welty°의 문장들을 적어두고 매일 읽으면서 힘을 얻었다. 첫 아이를 낳을 때 40시간이 넘게 진통하는 동안 버팀목이 되어준 문장은 람 다스Ram Dass°°의 말이었다.

지금 여기에 존재하라.

Be here now.

이 말은 두 아이가 번개 같은 속도로 자라나는 동안에도 큰 도움이 되었다.

° 둘 다 미국 소설가.

°° 하버드대 심리학 교수이자 작가. 미국의 전설적인 영적 지도자로 불린다.

나는 문장들을 '영혼을 위한 조그만 사용 설명서'라고 생각한다. 그 유용함에 대한 감사함이 이 책을 집필하게 된 이유이기도 하다. 내 현명함을 드러내고 싶어서가 아니라 말이 지닌 힘을 믿기 때문이다. 우리를 움직이고, 위로하고, 붙잡아주는 문장들은 우리가 삶의 방향을 다시 설정하고 생각을 명확히 할 수 있도록 도와준다. 또한 문장들은 머릿속에서 끊임없이 들려오는 '너는 못해', '하지 못할 거야', '그렇게 하지 말았어야 해'라는 온갖 부정적인 의심의 목소리에 맞설 수 있도록 도와준다.

그리고 문장들은 본질적으로 항상 이렇게 외친다.

넌 할 수 있어!

이 책이 바로 '넌 할 수 있어'라는 외침이 되기를 바란다.

책에 실린 글귀들을 고르느라 내가 쓴 책과 수필, 인터뷰와 강연 내용을 다시금 살펴보며 그것들을 처음 썼거나 말했을 때를 떠올렸다. 그때의 나는 이 말들이 누군가에게 전해질 '지혜'가 되리라고는 전혀 생각하지 않았다. 사실 내가 쓴 글과 내가 한 말이 누군가에게 지혜로 해석되리라고는 상상조차 하지 못했다.

책 속 문장들은 대부분 누군가에게 건네는 말이라기보다 나 자신과 나눈 대화에 가깝다. 그런데 시간이 지나고 보니 그 말들이 나만의 것이 아니라 다른 사람들도 저마다 자기 자신에게 하고 있던 말들이었다는 걸 알게 되었다.

이 책은 독자들에게 받아들여라, 용서하라, 용감해져라, 친절하게 행동하라, 감사하라, 솔직해져라, 더 너그럽고 담대해지라고 말한다. 이 모든 말은 결국 나 자신에게 하는 말이다.

다시 말해 나는 이렇게 해야 한다고 지시하려는 것이 아니다. 나는 그저 스스로를 더 나아가게 하고 싶을 뿐이다. 여기 실린 문장들은 솔직한 나 자신을 표현한 것이기도 하지만 동시에 내가 되고자 노력하는 모습이기도 하다. 물론 그 노력은 실패로 돌아갈 때가 많다.

믿지 못하겠다면 우리 남편에게 물어보라. 한번은 부부싸움을 하다가 내가 내지른 말에 충격을 받은 남편이 그 말을 종이에 적어 냉장고에 붙인 적이 있다. 그 종이는 거의 10년 동안 우리 집 냉장고에 붙어 있었다. 도대체 무슨 말이었냐고?

당신을 향한 내 분노는 영원히 풀리지 않을 거야.

사실 정확하게 표현하려면 볼드체에 느낌표까지 붙여야 한다.

이렇듯 나는 여전히 미성숙한 존재다. 지난 몇 년간 내가 쓴 글이 SNS, 타투, 퀼트, 머그잔, 연하장, 포스터, 자수 쿠션 등을 수없이 장식했지만 나는 여전히 갈 길이 멀고 그 사실은 누구보다 나 스스로가 가장 잘 안다. 그래서 내 글이 여기저기 인용되는 것을 볼 때마다 뿌듯하면서도 매번 놀랍다.

동시에 내가 쓴 문장들이 더 이상 나만의 문장이 아니라는 사실도 깨닫는다. 다른 사람의 말이나 글에 공감할 때 그 말은 단순히 그 사람의 이야기를 기념하는 데서 나아가 우리 내면의 목소리를 표현하는 수단이 된다.

윈스턴 처칠은 제2차 세계대전 당시 국민에게 '절대 굴복하지 마라'Never give in는 말로 극심한 고난과 두려움을 견디도록 독려했다. 그 후 70년이 넘는 세월 동안 수많은 사람이 눈앞에 크고 작은 문제가 닥칠 때마다 이 단순하지만 강력한 문구를 떠올리며 용기를 내고 어려움을 헤쳐 나왔다. (나 또한 퍼시픽 크레스트 트레일을 걸으며 한계라는 생각이 들 때마다 이 문구의 도움을 받았다.)

책 사인회를 할 때면 내 책《작고 아름다운 것들》Tiny Beautiful Things에 수록된 '개 같이 글을 써라'Write like a motherfucker라는 문장을 변형해서 한마디 적어 달라는 요청을 자주 받는다. 그럼 나는 이렇게 써주곤 한다.

'엔지니어인 당신, 개 같이 일해라.'
'엄마인 당신, 개 같이 일해라.'
'선생님인 당신, 개 같이 일해라.'
'의사인 당신, 개 같이 일해라.'

그중에 내가 가장 좋아하는 말은 '무슨 일이든 개 같이 해라'다. 요점은 언제나 그거였다.

최고의 명언들, 좋은 문장들은 하나의 특정한 진리를 말하지 않는다. 대신 시대, 문화, 성별, 세대 그리고 각자의 상황과 관계 없이 우리 마음과 정신에 공명하는 보편적인 진리를 건드린다. 이러한 문장들은 우리의 삶을 이끌고, 용기를 북돋우며, 우리가 느끼는 감정이 틀리지 않다고 말해주고, 때로는 도전하게 하고, 위로를 건넨다. 이미 깨달은 것들을 되짚어주는 동시에 여전히 배울 것이 얼마나 많은지도 일깨운다.

짧고 간결한 문장들은 혼란과 갈등으로 가득한 인간사의 소용돌이 속에서 잠시나마 벗어나게 해준다. 그리고 무엇보다 좋은 문장은 우리가 혼자가 아니라는 사실을 알려준다. 그 문장들이

존재한다는 사실 자체가 나 말고도 누군가가 같은 문제로 고민

하고 씨름하다가 마침내 얻어낸 깨달음의 증거이기 때문이다.

이 책이 부디 독자 여러분에게 그런 역할을 해주길 바란다.

그러니 한번 개 같이 읽어보라.

셰릴 스트레이드

To accept and forgive and be brave (enough) to be kind and grateful and honest to be generous and bold.

오늘도 인생이라는 길 위에 서 있는 모든 사람들에게

Be
brave enough
to break your
own heart.

용감해져라.

네 손으로 너의 심장을 부술 수 있을 만큼.

이미 산꼭대기에 올라서서는

산꼭대기를 바라볼 수 없다.

우리는 가장 아래에서 시작해

한 걸음 한 걸음 올라가야 한다.

그리고 그 길은

상처 없이는 오르지 못한다.

남들이 생각하는 성공의 기준에 맞춰 억지로 직업을 고를 필요는 없다. 인생을 어떻게 살지 일일이 설명할 필요도 없다. 배움의 가치를 돈으로 증명할 필요도 없다. 완벽한 신용점수를 유지할 필요도 없다. 이 모든 것을 요구하는 사람은 역사도, 경제도, 과학도, 예술도 모르는 인간이다. 우리가 해야 할 일은 따로 있다.

전기요금은 스스로 내야 한다.
친절해야 한다.
가진 힘을 모두 쏟아부어 주어진 삶을 살아내야 한다.
나를 진정으로 사랑하는 사람들을 곁에 두고
나 또한 그들을 진정으로 사랑해야 한다.

그거면 충분하다.

Don't surrender all your joy
for an idea you used
to have about yourself that
isn't true anymore.

더 이상 진실이 아닌 과거의 생각에 갇혀

눈앞의 모든 기쁨을 포기하지 마라.

사춘기 시절로 돌아가 나 자신에게 조언을 해준다면?

너는 네가 누군지 알고 있어. 그러니 당장 너답게 살아.
똑똑해도 괜찮아. 야망과 호기심이 넘쳐도, 멋지지 않아도 괜찮아. 남자아이들에게 관심을 받으려고, 여자아이들에게 호감을 사려고 그 시절을 낭비하지 마. 말라깽이가 되려고 굶지 마. 예쁜 치어리더가 되려고 애쓰지 마. 좋아하는 사람에게 모든 걸 해주지 마. 아무것도 내어주지 마.

네 인생의 주인이 되렴.
네가 바로 주인이야.
공을 잡고 앞으로 달려 나가.

You know who you are,
so let yourself be her now.

Be the captain.
You are the captain.
Take the ball and run.

우리는 인생이라는 이야기 속에서 납득할 만한 설명이나 탈출
구, 어둠에서 벗어날 희망찬 반전을 기대한다. 하지만 인생에 반
전 따윈 없다. 나에게도, 당신에게도, 억울하고 부당한 일을 당해
고통스러워하는 모든 이들에게도.
누구나 억울하고 부당한 일을 겪으며 살아간다. 이 고통의 보편
성을 받아들일 때 비로소 인생이 변하는 경험을 할 수 있다.

인생의 고통을 정면으로 마주하고 앞으로 나아가라.
빠르게 나아갈 필요도 멀리 나아갈 필요도 없다.
서두르지 말고 한 걸음씩 한 걸음씩 내딛어라.
당신의 걸음은 숨을 고를 때마다 쌓여간다.

아무도 인생을 대신 살아주지 않는다. 부유하든 가난하든, 돈이 바닥났든 자루로 쓸어 담든, 엄청난 행운의 수혜자든 끔찍한 불의의 희생자든 마찬가지다.

진실이 무엇이든 인생은 스스로 헤쳐 나가야 한다. 어떤 어려움이 닥치더라도, 어떤 부당한 일을 당하더라도, 어떤 슬픔이 찾아오더라도, 어떤 엿같은 일이 생기더라도 말이다.

자기 연민은 막다른 길이다. 그 길로 들어설지 말지는 내 선택에 달렸다. 그곳에 머물러 있을지, 아니면 방향을 틀어 돌아나올지도 내 선택에 달렸다.

우리가 상실과 슬픔에도 '불구하고' 살아가는 것이 아니라

오히려 그 '덕분에' 성장하고 있다는 것을 깨닫는 순간.

비록 스스로 선택한 일은 아니지만

살면서 겪은 일들에 감사하게 되는 순간.

지금 내 손에 들린 건 빈 그릇이지만

그 그릇을 채울 힘도 내게 있다는 걸 알게 된 순간.

바로 그 순간을 가리켜 '치유'라고 부른다.

스무 살에 스스로에 대해 내린 열 가지 판단 중 여덟 가지는 시간이 지나면 틀렸다는 게 드러날 것이다. 하지만 나머지 두 가지는 너무나도 잘 맞아서 20년이 지나 돌아보면 '왜 그땐 몰랐을까' 하며 헛웃음을 터뜨릴지도 모른다.

I considered my options.
There was only one, I knew.
There was always only one.

To keep walking.

인생을 돌이켜보면 나는 언제나
여러 선택지 앞에서 고민했다.
그러나 선택지는 언제나 하나뿐이었다,

**계속해서 걸어 나가는 것,
그것 하나뿐이었다.**

You can't ride to the fair unless you get on the pony.

조랑말에 올라타지 않으면
축제에 갈 수 없다.°

You go on by doing the best you can.

You go on by being generous.

You go on by being true.

You go on by offering comfort to others
who can't go on.

You go on by allowing the unbearable days to pass
and by allowing the pleasure in other days.

You go on by finding a channel for your love
and another for your rage.

우리는 할 수 있는 최선을 다하며 나아간다.

너그럽게 나아간다.

진실하게 나아간다.

더 이상 나아갈 힘이 없는 이들을 위로하며 나아간다.

견딜 수 없는 날은 흘려보내고

또 다른 날에서 즐거움을 찾으며 나아간다.

사랑을 쏟아낼 길 하나를 찾고

분노를 던져버릴 길 하나를 찾으며 나아간다.

아직은 이해할 수 없는 것들이 있다.

우리 인생은 위대하고 앞으로도 계속해서 펼쳐질 것이다.

20대에 어린 시절의 문제를 해결하려고 열심히 노력한 것은 훌륭한 일이다. 하지만 한 번 해결했다고 해서 완전히 끝난 것은 아니다. 같은 문제를 또다시 마주하게 되는 순간이 올 수도 있다. 나이 들며 쌓이는 지혜와 세월이 건네는 은총 속에서만 알게 되는 것들이 있다. 이러한 것들은 대개 '용서'에 관한 것이다.

YOUR LIFE
WILL BE A GREAT
AND CONTINUOUS
UNFOLDING.

젊었을 때 하고 싶었던 일을 하지 못한 후회를 한가득 짊어진 채 취직을 하거나 아이를 낳지 마라. 그런 사람들은 자신이 되고자 했던 모습과는 전혀 다른, 여유도 없고 갈피도 못 잡고 구겨지고 쪼그라든 사람으로 전락할 위험이 있다.

내가 원하는 것이 무엇인지, 내가 바라는 것이 무엇인지, 내가 관심 있는 것이 무엇인지 스스로에게 묻지 마라.
대신 이렇게 물어보라.

"내게 주어진 것은 무엇인가?"

그러고 나서 또 이렇게 물어보라.

"내가 되돌려줄 수 있는 것은 무엇인가?"

이제 그걸 돌려주어라,

WHAT HAS BEEN GIVEN TO ME?

WHAT
DO I HAVE
TO GIVE
BACK?

Acceptance is a small,
quiet room.

대부분의 일이 결국에는 괜찮아지겠지만

모든 일이 다 괜찮아지는 것은 아니다.

때로는 열심히 싸워도 패배할 수 있다.

때로는 혼신의 힘을 다해 붙잡다가도

놓아줄 수밖에 없다는 사실을

깨닫게 될 수도 있다.

받아들임은 작고 고요한 방과 같다.

질투가 날 때는 어떻게 해야 할까?

나는 질투하지 말라고 스스로에게 말한다. '왜 나는 안 되는 걸까?'라는 목소리는 지워버리고 대신 '바보 같은 소리 하지 마'라는 목소리로 바꾼다.

정말이지 간단하다. 스스로 질투심에 사로잡힌 못난 사람이 되기를 멈추면 정말로 질투심에 사로잡힌 못난 사람이 되지 않을 수 있다. 누군가 내가 원하는 것을 얻어서 기분이 엉망이라면 내가 얼마나 많은 것을 받았는지를 떠올리자. 모두가 원하는 것을 이룰 수 있다. 다른 사람이 성공했다고 해서 내가 성공하지 말란 법은 없다는 사실을 기억하자. 누군가에게 멋진 일이 일어난 건 일어난 거고 계속해서 노력한다면 그리고 운이 따라준다면 내게도 언젠가 멋진 일이 일어날 수 있다.

만약 아무리 애를 써도 이렇게 생각하기 힘들다면 그냥 멈춰라. 아예 아무 생각도 하지 마라. 절망의 토끼굴 속에는 영양가 있는 먹이라곤 단 하나도 없기 때문이다. 그곳에 한 번 빠지면 자신을 갉아먹는 일 말고는 아무것도 할 수 없다.

Transformation doesn't ask

that you stop being you.

It demands that you find a way back

authenticity and strength

that's already inside of you.

You only have to bloom.

변화는

지금의 나를 버리라고 요구하지 않는다.

대신 이미 내 안에 존재하는

진정성과 강인함을 되찾으라고 요구한다.

우리는 단지 꽃을 피우기만 하면 된다.

만약 내가 나를 용서한다면 어떻게 될까?

하지 말았어야 할 일을 했음에도 용서한다면?

비록 후회는 하지만 시간을 되돌린다 해도

결국 같은 선택을 했을 거라면?

'아니오'가 아니라 '예'라고 답하는 것이

옳은 선택이었다면?

내가 하지 말았어야 할 모든 일이

결국 나를 여기까지 데려온 것이라면?

만약 내가 끝내 구원받지 못한다면?

아니, 어쩌면 이미 구원받았다면?

Hello, fear.

Thank you for being here.
You're my indication
that I'm doing what I need to do.

안녕, 두려움아.

와줘서 고마워.

넌 내가 해야 할 일을

하고 있다는 신호거든.

인생은 작은 혁명으로 가득 차 있다. 우리는 성장하고 변화하며 괜찮아지기 위해 수백만 가지 방법으로 자신을 이리 보고 또 저리 보아야 한다. 그리고 우리 몸은 어쩌면 최후의 과제일지도 모른다. 대부분의 여성들과 일부 남성들은 평생 자기 몸을 바꾸거나, 숨기거나, 꾸미거나, 있는 그대로가 아닌 다른 모습으로 만들거나, 있는 그대로를 감추려고 애쓰며 보낸다.

만약 그렇게 하지 않는다면? 자신의 피부를 싫어하는 대신 사랑하게 된다면 그 작지만 거대한 혁명 너머에는 어떤 세상이 펼쳐질까? 그 특별한 해방 이후에는 어떤 열매를 맺게 될까?

There are so many
tiny revolutions in a life,
a million ways
we have to circle around
ourselves to grow
and change and be okay.

Believe in the integrity and value of the jagged path. We don't always do the right thing on our way to rightness.

울퉁불퉁한 길에도 의미와 가치가 있다.

올바른 방향으로 나아가는 과정에서

우리는 항상 올바른 선택만 하는 것은 아니다.

아이를 둔 부모라면 절망에 빠져 있을 여유가 없다.

우리가 다시 일어서면

아이들은 우리와 함께 일어설 것이다.

몇 번을 넘어지든 아이들은

우리가 일어서면 언제나 함께 일어설 것이다.

이 사실을 기억하는 것이 부모로서

우리가 할 수 있는 가장 중요한 일이다.

사랑은 경쟁 종목이 아니다.

우리는 각자의 레이스를 달리고 있다.

사람을 좋아하고 사랑하는 일은

신체 치수나 지적 성과, 성격 특성 같은

비교표에 견주어 결정되는 것이 아니다.

그냥 좋아하기 때문에 좋아하는 것이다.

그게 전부다.

자연 속에 있을 때 느끼는 감정, 그게 전부였다. 아무 이유 없이 그저 걷고 또 걸으며 끝없이 이어지는 나무와 들판, 산과 사막, 개울과 바위, 강과 초목 그리고 일출과 일몰을 바라볼 때 느끼는 감정, 그게 다였다. 강렬하고도 원초적인 경험이었다.

인간이 자연 속에 있을 때 느끼는 감정은 누구나 다 똑같을 것이라는 생각이 들었다. 그리고 자연이 존재하는 한, 이 느낌은 영원히 변하지 않을 것 같았다.

It seemed to me that it had always felt like this to be a human in the wild, and as long as the wild existed it would always feel this way.

Be about ten times more magnanimous than you believe yourself capable of being. Your life will be a hundred times better for it.

지금보다 열 배 더

너그럽고 관대한 마음으로

생각하고 행동하라.

그러면 백 배 더 나은 인생을

살게 될 것이다.

윤리적이고 성숙한 삶이란 자기 자신에게 솔직하고 진실하게 사는 것을 뜻한다. 이는 인생에서 어떤 관계를 끝내고 싶은 마음이 든다고 해서 당신이 나쁜 사람이라는 뜻은 아니다. 연인이나 배우자와 헤어지고 나서도 여전히 좋은 친구 관계로 남을 수도 있다. 하지만 그렇다고 해서 갈등이나 어려움이 있을 때마다 혹은 확신이 들지 않을 때마다 짐 싸서 떠나도 된다는 뜻은 아니다. 충분히 고민하고 내 마음에 정말로 이 관계를 끝내고 싶은 열망이 그 어떤 감정보다도 우선한다는 확신이 들어야 한다. 그렇다면 그 열망은 타당할 뿐만 아니라 아마 옳은 선택일 가능성이 높다. 비록 상대방이 상처를 입는다고 해도 말이다.

포기하지 않는 사람들은 자원의 희소성보다는 풍요로움을 믿는다. 이들은 이 세상 누구나 성공할 수 있고, 그 성공의 모습은 사람마다 다르며, 당장 눈앞의 돈을 좇기보다는 자신의 가능성을 믿고 꾸준히 나아가는 것이 더 중요하다고 믿는다.

만약 우리가 하나의 문화로서 슬픔을 함께하지 않는다면 상실의 무게는 온전히 남겨진 사람의 몫이 된다. 나머지 사람들은 시선을 돌린 채 그들이 더 이상 슬퍼하지 않기를, 하루빨리 슬픔을 털고 일어나 기운을 차리고 앞으로 나아가기를 바란다. 만약 그러지 못한다면 너무 깊이 사랑했기에 매일 아침 눈을 뜰 때마다 '더 이상 살아갈 수 없다'고 생각한다면 우리는 그들의 고통을 병으로 여긴다. 그리고 도움을 주는 대신 가서 도움을 받으라고 말한다.

선함과 너그러움을 향해

친절과 용서를 향해

마음의 용기를 향해 뻗어 나가려 노력할 때

우리는 스스로를 더 깊이 알게 된다.

사랑을 위해 싸우는

두려움 없는 사람이 되어라.

Be a warrior for love.

No is golde

No is the po
the good w

1.

ver

tch wields.

'NO'는 황금이다.

'NO'는 착한 마녀가

세상을 지키는 강력한 주문이다.

비탄에 잠기면 헤어 나오기 힘들지만

그보다 큰 것은 사랑이다.

비탄에 빠져 허우적대는 까닭은

진정으로 사랑했기 때문이다.

그 안에 깃든 사랑의 아름다움은

죽음의 쓰라림보다 더 위대하다.

이 사실을 의식적으로 받아들이면

고통이 사라지진 않더라도

내일을 살아갈 힘을 내는 데 도움이 된다.

외면이 완벽하지 않아도

내면에는 아름다움이 깃들어 있다.

나뿐만 아니라 다른 모든 사람도 마찬가지다.

그러니 겉모습이 아니라

그 안에 깃든 아름다움을 보려고 노력해야 한다.

사랑은 우리가 깊이 아끼고 소중히 여기는 사람들에게 품는 감정이다. 친구와의 포옹처럼 가벼운 사랑도 있고 자녀를 위한 희생처럼 묵직한 사랑도 있다. 낭만적인 사랑이 있는가 하면 플라토닉한 사랑도 있고 가족 간의 사랑도 있다. 한때 스쳐 지나가는 사랑도 있고 영원한 사랑도 있다. 조건부 사랑도 있고 무조건적인 사랑도 있다. 슬픔으로 점철된 사랑, 섹스로 불타는 사랑, 학대로 얼룩진 사랑, 친절로 증폭된 사랑, 배신으로 뒤틀린 사랑도 있다. 사랑은 시간에 따라 깊어지기도 하고, 어려움 속에서 그늘이 드리우기도 하며, 관대함으로 성숙해지기도 하고, 유머로 자라나기도 한다. 원하든 원치 않든 혹은 지킬 수 있든지 없든지 간에 약속과 헌신으로 가득 차기도 한다. 인생을 살면서 우리가 할 수 있는 최고의 일은 어쩌면 이 빌어먹을 일을 헤쳐 나가는 것일지도 모른다.

무의미한 하루하루가 모여 의미 있는 무언가를 이루어 낼 것
이다. 지긋지긋한 식당 알바. *끄적끄적* 일기를 쓰는 시간. 정처 없
이 걷는 길. 시와 수필과 소설과 죽은 사람의 일기를 읽으며 신과
섹스에 대해 고민하며 겨드랑이 면도를 할지 말지 망설이는 나
날들.

이런 날들이 모여 나를 이루어간다.

Walk wit
into the da

지팡이 없이 가장 어두운 숲속으로 걸어 들어가라.

out a stick

kest woods.

이 모든 이야기를 관통하는 주제는
회복력과 꺾이지 않는 신념이다.
전사처럼 온 힘을 다해
끝까지 해내는 존재가 되는 것이다.

연약함이 아니다.
강인함이다.
배짱이다.

에밀리 디킨슨의 시처럼.
"용기가 나지 않는다 해도
용기를 넘어서라."

If your Nerve, deny you—
Go above your Nerve—

by Emily Dickinson

명예란 불편하지만 절대적이다.

명예란 진실을 정면으로 마주하고 받아들이는 것이다.

명예란 누군가의 마음에 상처를 입히더라도

용기를 내어 상대방을 기만하지 않는 것이다.

다른 사람이 나를 사랑하도록 설득할 수는 없다. 이건 절대적인 규칙이다. 내가 원한다고 해서 내게 사랑을 주는 사람은 아무도 없다. 진정한 사랑은 서로에게 자유롭게 흐르는 감정이다. 그러니 그렇지 않은 관계에 괜히 시간 낭비하지 마라.

Ask yourself:

What is the best I can do?

And then do that.

자기 자신에게 물어라.

내가 가장 잘할 수 있는 일이 뭐지?

그런 다음 실행에 옮겨라.

두려움은 우리가 스스로에게 들려주는 이야기에서 비롯될 때가 많다. 그래서 나는 사회가 여성들에게 들려주던 이야기 대신, 나 자신에게 전혀 다른 이야기를 들려주기로 했다.

나는 안전하다. 나는 강하다. 나는 용감하다.
그 무엇도 나를 꺾을 수 없다.

이 이야기를 고집하는 것은 일종의 마인드 컨트롤이었지만 대개 효과가 있었다. 머릿속에서 끔찍한 일이 떠오를 때마다 나는 밀어냈다. 나 자신을 두려움에 빠지도록 놔두지 않았다. 두려움은 두려움을 낳고 용기는 용기를 낳는다. 나는 스스로에게 용기를 주기로 결정했다. 그리고 얼마 지나지 않아 정말로 더는 두렵지 않게 되었다.

I was safe.
I was strong.
I was brave.
That nothing could
vanquish me.

사랑을 억누르면 현실이 왜곡된다. 사랑을 표현하지 않고 숨기는 사람은 소심하고 못나진다. 사랑 표현을 받지 못한 사람은 혼란과 절망에 빠지며 자신의 감정을 제대로 이해하지 못하게 된다. 계산적인 행동이나 밀당은 하지 말자. 그런 건 얼간이나 하는 짓이다.

용기를 내라. 진심을 전해라.
가장 중요한 순간에 사랑한다고 말할 수 있도록
사랑하는 사람들에게 사랑한다고 말하는 연습을 해라.

Be Brave. Be authentic.
Practice saying the word love
to the people you love,
so when it matters the most
to say it, you will.

Trust your gut.
Forgive yourself.

Be grateful.

직감을 믿어라. 자신을 용서하라. 범사에 감사하라.

중요한 건 스스로 도약하는 것이다.

온 마음을 다해 힘껏 뛰어올라라.

누군가가 정해놓은 기준이나 틀에 얽매이지 마라.

자기 인생은 자기가 만들어가는 것이다.

You get to make your life.

사랑받고 싶다면

먼저 사랑해야 한다.

함께하고 싶다면

먼저 포용해야 한다.

받고 싶다면

먼저 베풀어야 한다.

Desperation is unsustainable.

절망은 지속 가능하지 않다.

떠날지 머물지 고민하지 마라.

모든 지혜를 다해 지금 이 시간을
사랑하기로 선택한다면
우리의 삶은 어떻게 달라질까?

어린 시절에 겪은 일 자체는 바뀌지 않겠지만 내 의지로 바꿀 수
있는 부분도 있다. 내게 왜 그런 일이 일어났는지 평생 이해하지
못할 수도 있다. 하지만 마음을 기울여 성찰하고 이해하려고 노
력하면 나 자신만큼은 더 잘 이해할 수 있다.

How wi

to let it

ld
it was,
be.

있는 그대로 두는 것,

그 얼마나 자유롭고 놀라운 경험인가.

빌어먹을 인간들은 그렇지 않다고 말하겠지만 경계선을 정하는 것은 누군가를 사랑하고 말고와는 아무런 상관이 없다. 경계선은 판단도, 처벌도, 배신도 아니다. 경계선은 나를 지키는 평화로운 기본 원칙이다. 타인에게 내가 용납할 수 있는 행동과 용납할 수 없는 행동의 기준을 알려주고, 상대가 그 기준을 어겼을 때 내가 어떻게 반응할지를 명확하게 정해놓는 것이다. 경계선은 타인에게 나를 어떻게 대우하고 존중해야 하는지를 가르쳐준다.

누구에게나 포기보다 나은 선택지가 있다.

***Every last one of us can
do better then give up.***

진정한 치유의 장소는 치열한 곳이다. 거대한 곳이다. 괴물 같은 아름다움과 끝없는 어둠, 반짝이는 빛이 공존하는 곳이다.

그곳에 도달하려면 정말, 정말, 정말 열심히 노력해야 하지만 당신은 분명 갈 수 있다.

인생길에는 중간 길이 존재한다. 하지만 그 길은 오직 한 방향, 즉 빛을 향해서만 나아간다. 바로 당신의 빛이다.

지금 하고 있는 일이 올바른 선택이라는 확신이 들 때 가슴 속에서 깜박깜박, 깜박이는 그 빛 말이다.

시간이 흐르게 내버려두어라. 시간이 약이다. 며칠은 그저 하루 하루 버티는 것이 전부다. 이윽고 혼란과 무기력함에 빠진 채 허깨비처럼 몇 주가 지나간다. 몇 달 동안 울고 한탄하다 보면 어느새 조금씩 모든 것이 제자리를 찾아간다. 그러다 문득 햇볕이 내리쬐는 벤치에 혼자 앉아 눈을 감고 고개를 뒤로 젖힌 채 비로소 괜찮아졌다는 사실을 깨닫게 된다.

용서는

술집에 가만히 앉아 있어도 빛나는

아름다운 청년이 아니다.

용서는

숨이 차도록 언덕 위로 끌어올려야 하는

뚱뚱한 노인이다.

우리는 분노, 두려움, 고통에 휩싸일 때 옳고 그름에 집착한다. 그러나 대부분의 문제에 대한 해답은 이 이분법의 테두리 바깥에 존재하는 경우가 더 많다. 우리는 복잡한 존재다. **우리의 삶은 절대적인 기준에 따라 흘러가지 않는다.**

Our lives do not play out in absoulutes.

한계를 성공적으로 설정하려면 상황을 있는 그대로 보고, 자신이 원하는 것과 기꺼이 내어줄 수 있는 것이 무엇인지 파악한 다음, 이를 관련된 사람들에게 정중하게 전달해야 한다.

한계를 설정하는 것은 처벌이 아니라 우리의 필요와 욕구, 능력을 명확하고 예의 바르게 표현하는 것이다.

한계를 미리 설정해두면 평소 같으면 분노로 입에 게거품을 물었을 상황에서도 이성적으로 대처하는 데 도움이 된다. 건강한 한계를 설정하지 못하면 우리는 툭하면 짜증 내고 분노하는 속 좁은 인간이 되고 만다.

사랑은 필수 영양소다. 사랑이 없다면 인생은 의미가 없다. 사랑은 우리가 줄 수 있는 최고의 선물이자 우리가 받을 수 있는 가장 값진 선물이다. 사랑은 그 모든 난리법석을 피울 만한 가치가 있다.

살이 찐 게 아닐까 걱정하지 마라. 당신은 뚱뚱하지 않다. 아니, 가끔 살이 좀 오를 때도 있겠지만 그게 뭐 그리 대수일까? 배가 나왔다고 한탄하는 것만큼 지루하고 무의미한 일은 없다. 제대로 챙겨 먹어라. 정말로. 당신에게 사랑받을 자격이 있는 사람들은 그런 당신을 더 사랑할 것이다.

우리는 직감적으로 잘못된 선택인지 알면서도 그 길을 택하곤
한다. 떠나야 한다는 걸 알면서 머물고, 머물러야 한다는 걸 알면
서 떠나버린다. 버텨야 할 순간에 싸우고, 싸워야 할 순간에 침묵
한다. 눈앞의 즐거움에 매달리다 그 선택으로 감당해야 할 긴 여
파는 외면한다.

감정과 욕구가 상충할 때 어떤 행동이 올바른 행동인지 판단하
기 어려울 수 있다. 그러나 우리가 생각하는 것만큼 어렵지는 않
다. 어렵다고 말하는 것은 결국 바람을 피우고, 끔찍한 직장에 계
속 다니고, 사소한 일로 우정을 끝내고, 나를 형편없이 대하는 사
람을 계속 참아내는 것. 우리는 그렇게 행동하며 스스로를 합리
화한다.

돌이켜보면 내가 성인이 되고 나서 저질렀던 잘못 가운데 그게 잘못이란 걸 모르고 했던 경우는 단 한 번도 없다. 내가 나를 정당화할 때조차도 내 마음속 가장 진실한 곳에서는 내가 잘못을 저지르고 있다는 사실을 알고 있었다.

앞으로 나아가면서도 나는 여전히 확신이 없었지만 그 노력 자체가 의미 있는 것처럼 느껴졌다. 아마도 훼손되지 않은 자연의 아름다움 속에 있으면서 내가 지금껏 무엇을 잃어버렸든지 무엇을 빼앗겼든지 간에, 내가 다른 사람이나 나 자신에게 어떤 잘못을 저질렀든지 혹은 다른 사람이 내게 어떤 상처를 주었든지 간에 나 또한 훼손되지 않을 수 있다는 것을 의미하는 듯했다. 수많은 것에 회의를 품고 살아왔지만 자연만큼은 아니었다. 그리고 **나 또한 그 자연의 일부였다.**

The wilderness
had a clarity
that included me.

커리어가 앞으로 어떻게 흘러갈지 너무 고민하지 마라.
우리 눈앞에 놓인 것은 커리어가 아니라 인생이다.

일에 몰두하라.
믿음을 잃지 마라.
자신을 속이지 마라.

당신은 글을 쓰기 때문에 작가다.
계속 써라. 불평은 그만해라.
책마다 생일이 있다.
단지 그게 언제가 될지 아직 모를 뿐이다.

**Do the work.
Keep the faith.
Be ture blue.**

ART ISN'T ANECDOTE.
IT'S THE CONSCIOUSNESS
WE BRING TO
BEAR ON OUR LIVES.

예술은 단순히 짧고 재미난 이야깃거리가 아니다.

예술은 우리가 삶을 바라보고

살아내는 데 동원하는 깨어있는 감각이다.

그건 잘못된 일이었다.

엄마가 그렇게 떠나버린 건 정말이지 끔찍했다. 엄마를 제대로 미워할 수도 없었다. 사춘기가 되어 엄마에게 반항하며 멀어지고, 친구들과 함께 엄마에 대한 불평을 늘어놓고, 엄마에게 이건 이렇게 했어야 하지 않느냐며 대들기도 하고, 그러다 나이가 들어 엄마가 최선을 다했으며 사실은 꽤 대단하다는 사실을 깨닫고, 결국 엄마를 온전히 끌어안을 기회조차 없었다.

엄마의 죽음은 내게서 그 모든 것을 앗아갔다. 나를 앗아갔다. 사춘기의 오만함이 절정에 달했던 순간에 나를 끄집어내렸다. 엄마의 죽음은 나로 하여금 엄마의 모든 잘못을 단번에 용서하고 성장할 수밖에 없도록 만들었다.

그와 동시에 나는 영원히 어린아이에 머물게 되었다. 내 인생은

엄마와의 그 미완의 관계 속 미숙한 상태에서 끝난 것 같기도 하
고 시작된 것 같기도 했다.

엄마는 여전히 내 엄마였지만 이제 내 옆에 없었다. 나는 여전히
엄마에게 매여 있었지만 나는 완전히 혼자였다. 엄마는 이제 그
누구도 채워줄 수 없는 빈 그릇 같은 존재였다. 그 빈 그릇을 나
홀로 채우고, 채우고, 또 채워야만 했다.

*The thing about
rising is we have to
continue upward;*

*the thing about
going beyond is
we have to keep going.*

일어선다는 것은

계속해서 올라가야 한다는 뜻이다.

넘어선다는 것은

계속해서 나아가야 한다는 뜻이다.

연민은 해결책에 관한 것이 아니다.

연민은 내가 가진 모든 사랑을 건네는 일이다.

It's about giving all the love that you've got.

우리가 자신의 행동과 선택을 정당화하기 위해 만들어낸 이야기, 즉 내러티브narratives는 여러 면에서 우리를 규정한다. 내러티브는 복잡한 삶을 이해해보려고 우리가 자기 자신에게 하는 말이다. 어쩌면 우리가 아직 자신을 용서하지 못하는 이유는 여전히 자기혐오에 사로잡혀 있기 때문인지도 모른다. 과거에 자신이 저지른 잘못을 용서한다면 더 나은 사람이 될까, 아니면 더 나쁜 사람이 될까? 끊임없이 자신을 비난한다면 우리는 과연 좋은 사람이 될 수 있을까?

우리 모두는 각자 자신의 의견과
종교적 신념을 가질 권리가 있다.

하지만 헛소리를 지어내고 그 헛소리를 이용해
다른 사람을 억압할 권리는 없다.

We are all entitled to our opinions and religious beliefs,
but we are not entitled to make shit up
and then use the shit we made up to oppress other people.

가장 위대한 진실은
고백 자체에 있는 것이 아니라
거기서 얻은 교훈에 있다.

내가 미치도록 좋아하는 사람이

나를 똑같이 좋아하게 만들 수 있을까?

짧은 대답은 '아니오'.

긴 대답도 '아니오'.

이 세상에는 고통스러운 일이 너무나 많다.

정말이지 고통스러운 일들이 넘쳐난다.

그러니 고작 자신을 사랑하지 않는 한 사람 때문에

괴로워하지 마라.

내가 선택하지 않은 삶에 대해

나는 결코 알 수 없다.

당신이 선택하지 않은 삶에 대해

당신 또한 마찬가지다.

그 삶이 어떤 삶이든 중요하고

아름답다는 사실은 한결같다.

다만 우리 삶이 아니었을 뿐이다.

마치 우리가 타지 않은 유령선 같은 것이다.

우리가 할 수 있는 일은

해안에서 멀어져 가는 유령선에

손을 흔들어주는 것밖에 없다.

Travel by foot.

**There is so much you can't identify
at top speed.**

걸어서 여행하라.

전속력으로 달릴 때는

알 수 없는 것들이 너무 많다.

누군가 나를 불친절하게 대하거나, 사소한 일로 트집을 잡거나, 질투하거나, 멀어지거나, 이상하게 행동하더라도 이를 내 잘못으로 받아들일 필요는 없다. 자신의 가치를 의심하며 상황을 심리 드라마처럼 몰아갈 필요도 없다. 그런 행동은 대개 우리 때문이 아니라 나를 불친절하게 대하거나, 사소한 일로 트집을 잡거나, 질투하거나, 멀어지거나, 이상하게 행동하는 그 사람이 가진 문제에서 비롯된 것이다.

한 줄로 요약하면 다음과 같다.

다른 사람의 쓰레기를 떠안지 마라.
우리가 모두 그렇게 한다면
세상은 훨씬 더 나은 곳이 될 것이다.

지금까지 살면서 배운 모든 것이 배울 만한 가치가 있었음을 믿어라. 인생에 실질적으로 도움이 되었든 되지 않았든 말이다. 여기까지 당신의 인생을 인도한 그 신비로운 별빛의 정체가 무엇이든지 간에 몸을 맡겨라. 그러면 앞으로도 미친 듯이 아름다운 세상이 당신을 기다리고 있을 것이다.

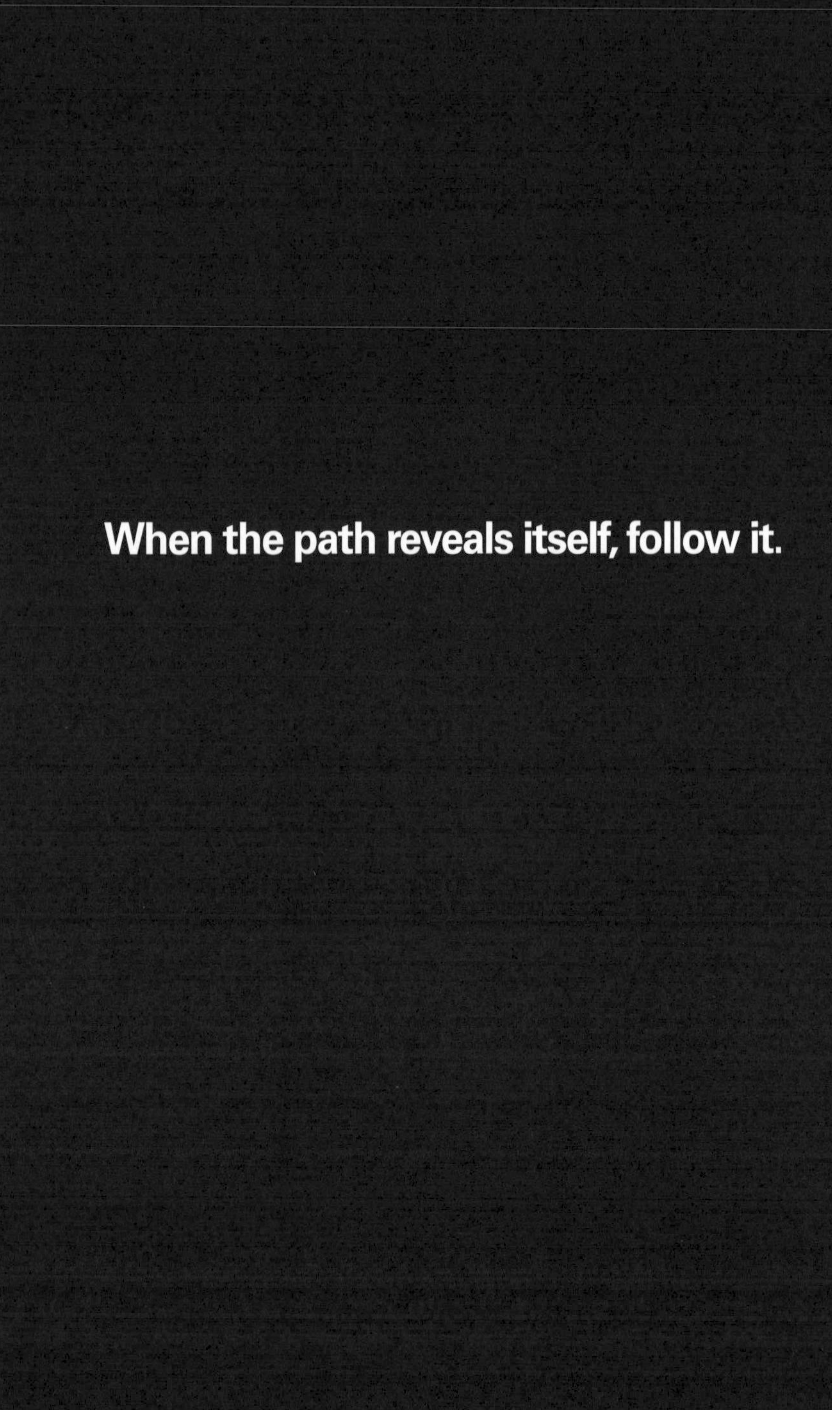

When the path reveals itself, follow it.

길이 보이면 그 길을 따라가라.

살다 보면 가장 끔찍하면서도 가장 아름답고,

동시에 가장 흥미로운 일들을 겪게 된다.

당신에게 일어나는 모든 일은 당신의 것이다.

그러니 그것을 당신의 것으로 만들어라.

삼키기 힘들게 느껴지더라도

어떻게든 목구멍으로 넘겨서 소화시켜라.

반드시 피가 되고 살이 될 것이다.

우리가 의식하든 의식하지 못하든

우리가 쓰는 말에는 이야기가 숨겨져 있다.

그 이야기 속에 우리의 진짜 감정과 생각이 담겨 있다.

We do not have the right to feel helpless. **We must help ourselves.** After destiny has delivered what it delivers, we are responsible for our lives.

우리에게는 무력감을 느낄 권리가 없다. **우리는 우리 자신을 도와야 한다.** 운명이 우리에게 무엇을 가져다주든 그 후의 삶은 우리 스스로 책임져야 한다.

상대방의 행동이 당신에게 깊은 상처를 주었다는 사실을 받아
들여라. 이 경험이 당신이 알고 싶지 않았던 무언가를 가르쳐주
었다는 사실도 받아들여라. 슬픔과 갈등도 즐거운 삶의 일부라
는 사실을 받아들여라. 가슴 속 그 괴물을 몰아내는 데 오랜 시
간이 걸릴 것이라는 사실도 받아들여라. 지금 느끼는 이 고통이
언젠가는 분명 덜 아프게 될 것이라는 사실을 받아들여라.

핵심을 속일 수는 없다. 그 안에 존재하는 진실은 결국 드러나게 된다. 이 진리야말로 우리가 순종해야 하는 신이자 우리를 필연적으로 무릎 꿇게 만드는 힘이다. 이 진리는 끊임없이 우리에게 묻는다. 나중에 할 것인가, 지금 할 것인가?

Will you do it later or Will you do it now?

우리에게는 아무것도 할 수 없는 상태와 무엇이든 할 수 있는 상
태 사이의 경계를 다시 그릴 수 있는 능력이 있다. 상처를 받으면
우리에게는 변화가 일어나지만 사랑과 의식 그리고 의도와 용서
로 다시 온전해질 수 있다.

완벽한 인생이란 없다.

하지만 내 눈에는 완벽하기만 한 네 앞에는

수많은 일들이 기다리고 있다.

진심으로 온 마음을 다해 사랑한다는 것은 사랑하는 사람에게
있는 그대로의 나를 볼 수 있게 하는 데 있다. 침묵은 그렇지 않
아도 어려운 일을 더 어렵게 만든다. 침묵은 혼자서만 간직하기
에는 너무 아름다운 비밀을 만들어낸다. 그 아름다운 비밀은 표
현할 때 밖으로 퍼져나갈 수 있다.

'완벽한 커플'에 대한 고정관념을 버려라. 타인을 속속들이 알거나 타인의 기대에 부응하는 것은 불가능하다. 이런 고정관념은 누군가를 속박하거나 차단하게 될 뿐이며 누구든지 끝내는 비참한 기분에 빠지도록 만든다. 완벽한 커플이란 전적으로 사적인 일이다. 완벽한 관계에 있는 두 사람 외에는 아무도 그들이 그런 관계인지를 확실히 알 수 없다. 완벽한 커플의 유일한 특징은 아무리 힘든 시기일지라도 함께 있음이 옳다는 데에 일말의 의심도 느끼지 않는다는 것이다.

부모는 아이에게 전사가 되는 법을 가르친다. 필요하다면 기꺼이 말에 올라타고 전장으로 나아갈 수 있는 자신감을 심어준다. 만약 부모님께 이걸 배우지 못했다면 혼자서라도 배워야 한다.

진정으로 친밀한 관계란

우리가 가장 깊이 사랑하는 사람들에게서

새로운 모습, 깨지고 불완전한 모습을

끊임없이 마주하는 것이다.

그러니 제대로 바라보라.

아플 수도 있지만 외면하지 마라.

It isn't too late.

Time is not running out.

Your life is here and now.

*And the moment has arrived
at which you're finally ready
to change.*

아직 늦지 않았다.

시간이 얼마 남지 않았다.

당신의 인생은 바로 지금 여기에 있다.

그리고 당신은 마침내
변화를 맞이할 준비가 되었다.

Go because
you want to go.
Because wanting to
leave is enough.

—

떠나고 싶다면 떠나라.
떠나고 싶다는 마음 하나만으로 떠날 이유는 충분하다.

You have to say
I am forgiven
again and again
until it becomes
the story you believe
about yourself.

—

'나는 용서 받았어'라고 끊임없이 되뇌어라.
스스로 완전히 믿어질 때까지.

THE OTHER SIDE OF FEARLESSNESS IS FEAR.

THE OTHER SIDE OF STRENGTH IS FRAGILITY.

THE OTHER SIDE OF POWER IS FAITH.

용감함은 두려움에서 비롯된다.

강인함은 연약함에서 비롯된다.

힘은 믿음에서 비롯된다.

가장 기본적이고 본질적인 이야기 초입부에는 우리 삶의 많은 부분이 담겨 있다. 누가 당신을 가장 깊이 사랑했는가? 무엇이 마침내 당신으로 하여금 자기 자신을 신뢰하게 만들었는가? 당신은 어떤 정원이나 화분 혹은 보도블록의 틈바구니에서 자라났는가? 당신은 어떻게 물을 얻었는가?

우리는 모두 어떤 위험에 처해 있다. 처음 시작했던 자리로 되돌아가게 될 위험, 어떤 사람이 될 수 있는지 상상하고 발견하고 깨닫고 실현하는 데 실패할 위험.

우리는 모두 여기서 저기로 도약해야 한다. 우리를 구분 짓는 유일한 차이는 그 도약의 거리일 뿐이다.

각자의 문제는 그 고유함 때문에 더 견디기 힘들지만
우리가 모두 같은 인간이라는 사실을 인식할 때에만
비로소 견딜 수 있다.

우리는 저마다 다른 방식으로 고통받지만
같은 방식으로 살아남는다.

혼자라는 것이 내게는 언제나

존재의 상태가 아니라 실제 장소처럼 느껴졌다.

내가 진짜 나로 돌아가기 위해

숨어들 수 있는 하나의 방 같았다.

사랑이 동물이라면 벌새나 뱀일 것이다.
둘 다 완벽하게 길들일 수 없다.

If love were an animal, it would be two: a hummingbird and a snake.
Both are perfectly untrainable.

신은 소원을 들어주는 존재가 아니다.
신은 무자비한 개새끼다.

God is not a granter of wishes.
God is a ruthless bitch.

If it is impossible for you to go on as you were before, so you must go on as you never have.

만약 이전처럼 계속해나가는 것이 불가능하다면

이제껏 해보지 않은 방식으로 나아가야만 한다.

우리의 일, 우리의 역할, 가장 중요한 임무는 우리만의 장소를 만
드는 것이다. 우리만의 도덕적 기준으로 이루어진 구조물을 세
우는 것이다. 사회가 강요하는 문화적 가치를 반영한 기준이 아
니라 우리가 본능적으로 옳다고 느끼는 기준을 따라서 말이다.

존재하지만 닿을 수 없고, 약속은 하지만 지켜지지 않고, 생각은 하지만 감히 실천하지 못하고, 연주에 연주를 거듭하지만 영원히 단조로만 연주하는 부모가 있다는 것은 얼마나 무가치하고, 나약하고, 절망스럽고, 공허한 일인가. 우리는 부모라는 노래를 장조로만 부른다. 그 자리에 있었는가? 전력을 다해 사랑했는가? 실수하고 난 뒤에 고치려고 노력했는가?

인생은 길다는 사실을 이해하도록 노력하라. 사람은 변하기도 하고 변하지 않기도 한다는 것을, 우리 모두는 반드시 실수하고 또 용서받아야 한다는 사실을 이해하도록 노력하라. **우리는 모두 걷고 또 걸으며 길을 찾는 존재이며 모든 길이 결국에는 산 정상으로 이어진다는 사실을 이해하도록 노력하라.**

We're all just walking
and walking
and walking and trying
to find our way,
that all roads lead
eventually
to the mountaintop.

Put yourself in the way of beauty.

아름다움의 길로 들어서도록 자기 자신을 이끌어라.

Bravery is acknowledging your fear and doing it anyway.

용기란 자신의 두려움을 인정하고
어찌 되든 행동하는 것이다.

사람들이 바람을 피우는 이유는 그저 바람기가 많아서가 아니다. 인간이기 때문이다. 어떤 갈망에 이끌리기도 하고 누군가가 자신을 갈망하는 경험을 하고 싶어서 바람을 피운다. 우정이 예상치 못한 방향으로 흘러가는 바람에 의도치 않게 바람을 피우기도 하고, 성적 욕망이나 술기운, 어린 시절의 결핍으로 인한 상처 때문에 의식적으로 바람을 피우기도 한다.

그 안에는 사랑이 있다. 욕망이 있다. 기회가 있다. 술이 있다. 젊음도 있고 중년도 있다. 고독, 권태, 슬픔, 나약함, 자기 파괴, 어리석음, 오만, 낭만, 자아, 향수, 권력 그리고 욕구가 있다. 가장 가까운 사람 외에 또 다른 누군가와 친밀감을 나눌 수 있다는 강렬한 유혹이 있다.

이 복잡한 속사정을 한 문장으로 정리하자면 결국 인생이 너무 길기 때문이다. 기나긴 인생을 살다 보니 때때로 엉망진창이 되기도 하는 것이다. 우리가 결혼한 사람조차도, 심지어 우리 자신조차도.

우리는 모두 우리 자신에 대해 믿는 것이 옳다고 생각하고, 우리 생각에 가장 훌륭하고 도덕적인 것만 믿으려 한다. 우리의 관대한 면모가 자연스럽게 나오는 것이라고 착각하곤 한다. 그러나 실상은 본인이 직접 이기적이고 한심한 행동을 해본 뒤에야 비로소 깨달음을 얻고, 친절하고 윤리적인 사람으로 거듭나는 경우가 많다.

치유란 작고 평범하며

새카맣게 타버린 그을음과도 같다.

결국 치유는 단 한 가지,

해야 할 일을 하는 것으로 귀결된다.

To love
lov
That
meanin

사랑하고 사랑받는 것. 그게 인생의 의미다.

and be
ed.
s the
g of life.

몸은 안다.

심장이 철렁 내려앉을 때

속이 울렁거릴 때

가슴 속에서 무언가가 피어날 때

뇌가 번뜩일 때.

바로 그때가

몸이 우리에게 진실을 알려주는 순간이다.

귀를 기울여라.

아무도 당신을 고통에서 보호해주지 못한다. 울어서 없앨 수도, 먹어 치울 수도, 굶겨 죽일 수도, 도망갈 수도, 주먹으로 때려눕힐 수도, 심지어 치료할 수도 없다. 고통은 단지 거기에 존재하므로 스스로 그 고통을 이겨내야만 한다. 고통을 견뎌야만 한다. 고통을 사랑하며 앞으로 나아가야 한다. 더 나은 자신이 되어야 한다. 치유를 향한 갈망으로 스스로 다리를 놓고 그 다리를 건너 당신이 꿈꾸는 가장 행복한 최선의 삶을 향해 최대한 멀리 달려가야 한다. 그 과정에서 심리 상담가나 친구들이 도움을 줄 수는 있지만 진정한 치유, 즉 진흙탕 속에서 무릎을 꿇은 채 겪어야 하는 변화는 오직 그리고 오롯이 당신에게 달려 있다.

우리에게 가장 의미 있는 관계는

종종 끝이 날 뻔했던 순간을 넘기고

이어진 관계인 경우가 많다.

진정한 변화는 작은 몸짓이나 손짓에서 시작된다.

사소하지만 늘 습관처럼 해오던 방식대로 행동하지 않는 것,

그게 진정한 변화의 시작이다.

**Work hard.
Do good.
Be incredible.**

열심히 노력하라.

선한 일을 행하라.

멋진 사람이 되어라.

*This is not
how your story ends.
It's simply where it takes
a turn you didn't expect.*

당신의 이야기는 여기서 끝이 아니다.

단지 예상치 못한 방향으로

이야기가 전개되는 대목일 뿐이다.

어리지 않아도 된다. 날씬할 필요도 없다. 세상이 어리석고 편협한 기준으로 정의한 '섹시함'에 맞추지 않아도 된다. 팽팽한 피부도, 탄탄한 엉덩이도, 영원히 처지지 않는 가슴을 가지려 노력하지 않아도 된다.

가장 깊숙한 욕망을 실현하면서 주어진 몸으로 온전히 살아갈 방법을 찾아야 한다. 그리고 내가 마땅히 누려야 할, 나를 있는 그대로 인정해주는 사람과 친밀한 관계를 쌓아나갈 용기를 가져야 한다. 모든 것을 벗어던지듯 솔직해져 이렇게 말할 수 있어야 한다.

"나는 지금 여기에 있다."

지금은 불안감에 사로잡혀

몸을 움츠리고 숨을 때가 아니다.

당신은 성장할 자격을 충분히 얻었다.

***You've earned
the right to grow.***

최후통첩이라는 단어는 많은 사람에게 부정적인 의미를 떠올리게 한다. 상대를 몰아붙여 '모 아니면 도'식의 극단적인 선택을 강요하는 괴롭힘과 학대에 사용되는 경우가 많기 때문이다. 하지만 올바르게 사용한다면 최후통첩은 교착 상태에 빠져 끝나는 건 시간문제일 뿐인 관계를 존중과 사랑을 담아 해결하는 방법이 될 수 있다.

그 결단은 상대방에게 우리가 원하는 것을 분명하게 요구하게 만든다. 하지만 사실상 자기 자신에게 가장 큰 결단을 내리도록 요구하는 것이다. 최후통첩에 앞서 최악의 시나리오, 즉 소중한 관계를 끝내는 것이 다른 대안보다 낫다는 사실을 스스로 인정해야 하기 때문이다. 여기서 다른 대안이란 남은 평생을 슬픔과 수치심, 분노 속에서 살아가는 것이다.

최후통첩은 우리가 스스로에게 질문하게 한다.

'내가 진정으로 원하는 것은 무엇인가?'
'나는 어떤 대우를 받아 마땅한가?'
'그걸 위해 무엇을 희생할 것인가?'

답을 찾았다면 이제 행동으로 옮길 차례다. 두려움과 고통 속에서도 믿음을 가지고 목적지를 향해 헤엄쳐 나아가야 한다.

우리는 모두 이따금 제자리에 멈춰 선다. 때때로 뒤로 물러나기도 한다. 우리는 매일 우리가 의도한 방향으로 나아가기 위해 결정을 내려야 한다. 앞으로 나아가는 것만이 진짜 삶의 방향이다.

Forward is
the direction of real life.

타인의 삶을 섣불리 추측하는 것은 마음속에 있는 순진한 오만
함과 정확히 비례한다. 우리 눈에 부자처럼 보이는 사람들 가운
데 많은 이가 사실은 부자가 아니다. 우리 눈에 모든 것을 쉽게
가진 것처럼 보이는 사람들 가운데 많은 이가 그 자리에 이르기
까지 엄청난 노력을 기울였다. 우리 눈에 순탄한 삶을 살아온 것
처럼 보이는 사람들 가운데 많은 이가 고통을 겪었고 지금도 여
전히 고통받고 있다.

이 우주는 결코 만만한 상대가 아니라는 사실을 나는 뼈저리게 깨달았다. 이 우주는 한번 빼앗겠다고 마음먹으면 두 번 다시 돌려주지 않는다.

인생이라는 카드 게임에서 내가 원하는 패를 요구할 권리 따윈
없다. 그저 손에 쥔 카드로 최선을 다해 게임을 해야 하는 의무만
있을 뿐.

인간이라면 누구나 6월의 풍뎅이처럼, 이 세상에 존재하는 모든 흑곰과 연어처럼 언젠가는 죽는다. 내일 죽느냐, 내년에 죽느냐, 50년 뒤에 죽느냐의 차이일 뿐 누구나 죽는다. 다만 누가 언제 어떻게 죽을지는 알 수 없다.

죽음을 둘러싼 이 불확실성은 우리 존재를 옭아매는 저주가 아니다. 오히려 경이로움이다. 이 경이로움은 이른바 우리가 말하는 인생의 순환에 있다. 원하든 원하지 않든 우리는 모두 이 순환 속에 존재한다. 산 자와 죽은 자 그리고 지금 이 순간 태어나는 자와 서서히 사라져가는 자까지.

이 순환을 벗어나려고 발버둥 친다고 해서 피할 수 있는 것은 아무것도 없다. 다른 사람의 죽음을 막을 수도 없고, 내 죽음을 막을 수도 없으며, 남은 자들의 슬픔 또한 막을 수 없다. 내 생명을 연장하거나 단축할 수도 없다.

당신은 지금 여기에 존재한다.
그러니 지금 여기에 존재하라.

지금 여기에 존재하는 우리와 함께
당신은 안녕하다.

우리는 언제나 위태롭다. 우리의 양심. 우리의 평안. 우리의 관계. 우리의 공동체. 우리의 자녀. 스스로 되고자 하는 모습의 무게를 견뎌낼 능력, 현재 내 모습과의 괴리를 용서할 능력, 정의와 자비와 친절을 베풀어야 할 책임 그리고 침대에서 진짜 만족을 추구할 용기.

받아들임은 결국 단순하게 사는 것이다.

특별한 곳이 아니라 평범한 일상에 머무르는 것,

우리 삶을 있는 그대로 바라보는 것,

가장 기본적인 것에서 출발할 뿐만 아니라

끝맺는 것이다.

받아들임은 가장 부드러운 목소리로 말한다.

받아들임은 그저 우리에게

진실을 인정하라고 속삭일 뿐이다.

Vulnerability is **strength.**

연약함이야말로 **가장 강한 힘이다.**

돈이나 명성으로 성공을 측정하는 것은

어리석은 일이다.

성공을 판단할 수 있는 유일한 기준은

이 두 가지 질문에 '예'라고 대답할 수 있는지 여부다.

나는 해야 할 일을 했는가?

나는 최선을 다했는가?

Did I do the work I needed to do?

Did I give it everything I had?

연인 관계를 끝내면서도 따뜻한 친구로 남으려면 무엇보다 친절해야 한다. 사랑과 존중을 담아 솔직하게 헤어지기로 결심한 이유를 설명해야 한다. 솔직하되 잔인하지 않게, 함께한 시간에 대한 감사를 표현해야 한다.

실수는 인정하고 보상할 수 있는 부분은 보상해야 한다. 이별을 통보받은 상대방이 겪게 될 아픔을 인정해야 한다. 함께 아파해야 한다. 떠나더라도 끝까지 상대방을 배려할 수 있는 용기를 가져야 한다. 충분히 대화하고 상대방의 말에 충분히 귀 기울여야 한다. 함께했던 시간을 존중해야 한다. 이별이라는 과정을 온전히 겪어 내며 남길 수 있는 것은 남겨야 한다. 실제로 친구로 남을 수 없다 하더라도 마지막까지 친구를 대하듯 행동해야 한다. 예의를 갖추고, 상대방 처지에서 생각하며, 상처와 수치심을 최대한 덜어주고자 노력해야 한다.

그리고 무엇보다도 온 마음을 다해, 진실로, 깊이, 올바르게 사랑하지 못하는 사람은 놓아주는 것이 상대방을 위한 가장 현명한 선택임을 믿어야 한다.

우리는 모두 온 마음을 다한, 진실하고, 깊고, 올바른 사랑을 받을 자격이 있다. 잊지 않되 놓아주어야 한다.

Humility is about refusing to get all tangled up with yourself. It's about surrender, receptivity, awareness, simplicity. Breathing in. Breathing out.

겸손이란 자기 자신에게 얽매이지 않는 것이다. 인정할 건 인정하고, 받아들일 건 받아들이고, 있는 그대로 바라보며, 복잡하게 생각하지 말고 본질에 집중하는 것이다. 숨을 들이쉬고 내쉬듯 자연스럽게.

Trusting yourself means living out what you already know to be true.

자기 자신을 신뢰한다는 것은

내가 알고 있는 진실을 실천하며

살아가는 것이다.

예전에는 '탈바꿈'이라는 단어를 들을 때마다 머릿속에 나비가 떠오르곤 했지만 인생은 내게 많은 것을 가르쳐 주었다. **탈바꿈은 나비가 아니다. 아름다운 곤충이 되어 날아가기 전까지의 과정이다. 어두운 번데기 속에 웅크리고 있다가 그 껍질을 뚫고 밖으로 나오는 과정이다.** 행운과 불운, 욕망과 의심, 좌절과 슬픔, 선택과 우연, 실수와 성공 이 모든 것을 배워 나가는 결코 아름답지만은 않은 과정이다. 이 모든 과정을 거쳐야만 우리는 그다음에 되어야 하는 모습으로 나아갈 수 있다.

Transformation isn't a butterfly.
It's the thing before you get to be
a pretty bug flying away.
It's huddling in the dark cocoon
and then pushing your way out.

이제 질문을 좀 더 나은 방향으로 바꿔보자.

이 엿같은 인생은 도대체 뭘까.

그 답을 스스로 찾아봐.

○

자, 이제 지금 가장 자신에게 필요한
문장을 적어보라.

어디든 눈길이 닿는 곳에 붙여 두고
마음이 약해지거나 확신이 들지 않거나
길을 잃었다 생각이 들 때
그 문장을 소리내어 읽어보길 바란다.

BRAVE
ENOUGH